ALTIN
KİTAPLAR

YAYIN HAKLARI
© GÜLTEN DAYIOĞLU
ALTIN KİTAPLAR YAYINEVİ
VE TİCARET AŞ

YAYIMA HAZIRLAYAN
HÜLYA ŞAT

RESİMLEYEN
SAADET CEYLAN

KAPAK
GÜLHAN TAŞLI

SAYFA DÜZENİ
NACİYE KURTULUŞ DİPBURUN

BASKI
OCAK 2012
AKDENİZ YAYINCILIK TİC. AŞ
Göztepe Mah. Kazım Karabekir Cad.
Nu.: 32 Mahmutbey - Bağcılar / İstanbul
Matbaa Sertifika Nu.: 10765

ISBN 978 - 975 - 405 - 806 - 2

ALTIN KİTAPLAR YAYINEVİ
Göztepe Mah. Kazım Karabekir Cad.
Nu.: 32 Mahmutbey - Bağcılar / İstanbul
Yayınevi Sertifika Nu.: 10766

Tel.: 0.212.446 38 88 pbx
Faks: 0.212.446 38 90

http://www.altinkitaplar.com.tr
info@altinkitaplar.com.tr

ALTIN
KİTAPLAR

GÜLTEN DAYIOĞLU

Gelincik Dizisi

Şenlik Günü

ALTIN KİTAPLAR

İÇİNDEKİLER

ŞENLİK GÜNÜ

Kerim mahallenin en yaramaz çocuğuydu. Kendisi gibi birkaç arkadaşı vardı. El birlik oldular mı, mahalleyi birbirine katarlardı. Kerim her oyunda elebaşıydı. Yaz kış, sapan elinden eksik olmazdı. Kuş vurur, cam kırar, meyve taşlar, hatta kavga ettiği çocukların başını delerdi.

Annesi, babası, hatta öğretmenleri onu bu kırıcılıktan kurtaramıyorlardı. Kerim büyüklerin sözlerine kulak asmıyordu ama arkadaş sözüne çabucak kanıyordu. Birçok konuda olağanüstü yetenekleri vardı: Mahalledeki çocukların arasında türküleri, şarkıları, marşları ıslıkla ondan güzel çalan yoktu. Köpek, kedi, kurt, çakal ve puhu kuşu seslerini kimse onun kadar güzel taklit edemezdi.

Okullar açılmak üzereydi. Kerim o yıl dördüncü sınıfa gidecekti. Bir sabah erkenden kapı çalındı.

Bir küme çocuk, "Kerim, Kerim!" diye bağırıyorlardı.

Annesi ve babası daha, ne oluyor demeye kalmadan, Kerim yataktan fırladı. Pencereden başını çıkarıp, "Ne var, ne bağırıyorsunuz?" diyerek arkadaşlarına çıkıştı.

Çocuklar, "Unuttun mu?" dediler. "Dağa gidecektik."

Kerim şöyle bir başını kaşıdı. Sonra çabucak giyindi. Bir dilim ekmeğe yağ sürüp yiye yiye sokağa fırladı.

Annesi, "N'oluyor, yine nereye gidiyorsun?" diyerek peşinden koştu.

Kerim hemen, "Dağa çiçek toplamaya gidiyoruz." dedi ve göz açıp kapayıncaya dek, uzaklaşıp gitti...

Ertesi gün kasabanın düşmandan kurtuluşunun yıl dönümüydü. Büyük şenlik yapılacaktı. Çocuklar her yıl, yakın dağın eteklerinden çiçek toplarlar, kasaba meydanındaki Atatürk büstünü donatırlardı. Kerim'in annesi, oğlunun dağa niçin gittiğini anlamıştı. İç rahatlığıyla günlük işlerini yapmaya koyuldu.

Ertesi gün kasaba bayraklarla donandı. Atatürk'ün büstü, renk renk çiçeklerle bezendi. Şiirler söylendi, davullar dövüldü, seymenler, çarşı meydanında oynadılar. Çocuklar, mantar tabancalarını patlatarak bayramın tadını çıkarıyorlardı. Bir ara Çilli Davut, Kerim'in yanına sokuldu.

"Var mısın Kerim, korkunç bir bomba yapıp gümbür gümbür patlatalım? Mahallelinin yüreğini hoplatalım. Herkes kasabaya düşman girdi sansın..."

Kerim bu gibi şeylere dünden hazırdı. Haberi öteki çocuklar da sevinçle karşıladılar. Para katışıldı. Çarşıdan gereği kadar tabanca mantarı, maytap, çatapat ve hava fişeği alındı...

Akşamüstü güneş batarken, okulun arkasındaki arsaya toplandılar. Patlayıcı maddeleri konserve kutusuna yerleştirdiler. Babası polis olan Çilli Davut, çok yer görmüş, çok insan tanımış, çevresinden çok şey öğrenmişti. Kerim'den bir yaş da büyüktü. Bombayı o hazırlıyordu.

Çevresindeki çocuklara durmadan, "Pamuk getirin, gaz getirin, kibrit verin..." diye buyruklar veriyordu.

Kerim, Davut'a canla başla yardım ediyor, olmazı olduruyor, bulunmazı bulduruyordu. Korkunç bomba hazırlanmış, sıra kibrit çakmaya gelmişti. Davut arsanın orta yerine çukur kazıp, kutuyu oraya yerleştirdi. Kibriti yakarken çocuklara, "Savulun, uzaklaşın! Hepiniz perişan olursunuz, kaçın!" diye bağırdı.

Sonra yanık kibriti kutunun içine attı. Çocuklar korkuyla kaçıp uzaklaştılar. Soluklarını tutup korkunç bombanın patlamasını beklemeye başladılar.

Kerim'in yüreği küt küt atıyordu. Bu türlü oyunlara bayılırdı. Birkaç yıl önce kazayla elinde tabanca mantarı patlamış da yarası aylarca iyileşmemişti. O zaman ana babasına, patlayıcı oyuncaklarla oynamamaya söz vermişti. Fakat o gün verdiği sözü tutmamış, arkadaşlarına uyup gün boyunca mantar tabancası patlatmış, sonra da bomba işine girişmişti.

Dakikalar geçiyor, korkunç bomba bir türlü patlamıyordu. Çocuklar yavaş yavaş saklandıkları yerlerden çıktılar. Kutunun çevresinde toplanmaya başladılar. Her kafadan bir ses çıkıyordu. Bazıları patlamayan bombadan ötürü, Çilli Davut ve Kerim'le alay ediyor, onlarsa, "Neden patlamadı bu?" diye homurdanıyorlardı.

Kerim gözlerini kutuya dikmiş, dikkatle bakıyordu. Gide gide kutunun çevresindeki çember daraldı. Çocuklar korkuyu unutmuş, tartışmaya dalmışlardı.

Kerim birden, "Çekilin patlayacak!" diye bağırdı. Çocuklar onun sözünü dinlemediler... Gerçekten kutudan pıss!.., pıss!.. sesler çıkıyor, ince ince duman yükseliyordu.

Kerim, "Kaçın kaçın!" diye bağırarak ileriye atıldı. Kutuyu kapıp uzaklara fırlatacak, arkadaşlarının yaralanmasına engel olacaktı. Fakat bu, düşüncesizce bir davranıştı... Kerim eline alır almaz, kutudakiler korkunç bir gümbürtüyle patladı. Aynı anda Çilli Davut da kutuya doğru fırladı, ama geç kalmıştı.

Kerim acı acı haykırarak yere yuvarlandı. Sağ eli kan içindeydi. Üç parmağı parçalanıp kopmuştu... Öteki çocuklar da yaralıydı.

FATMA NİNE'NİN İNEĞİ

Fatma Nine o gün sonbahar temizliği yapıyordu. Halısını kaldırıp silkmiş, kilimi yıkayıp bahçeye sermişti. Sonra da odasını badanalamaya girişmişti. Badana işi bitince döşemeyi ovacak, camları silecekti. Bir ara, kireç fırçasını kovanın içine bıraktı. Pencereye gidip şöyle bir bakındı.

"Allah Allah, güneş batmak üzere! Nerede kaldı bu inek?" diye söylenerek işinin başına döndü.

Fatma Nine yoksul bir kadındı. Kasabanın dışında bir mahallede oturuyordu. Her sabah erkenden kalkar, ineğini kasaba dışına götürüp sürüye katardı. Ninenin ineği, sürüdeki ineklerle birlikte ikindiye dek kırlarda bayırlarda otlardı. İkindi sıralarında çoban sürüyü toplar, kasaba yakınında bulunan Beş Kavaklar Düzlüğü'ne getirirdi. İnekler oradan evlerine dağılırlardı. Hepsi de yollarını bilir, hiç yanılmadan yerlerini bulurlardı.

Fatma Nine'nin ineği de her gün belli saatlerde eve gelirdi. Nine onu sevinçle karşılar, "Geldin mi sürmelim? Hoş geldin nazlı kızım!" diye sevip okşayarak ahıra sokardı. Yıllardan beri ilk kez o gün gecikiyordu inek. Bu nedenle nine onu çok merak ediyordu. Başına bir iş gelmiş olmasın, diye düşünüp badanayı yarım bıraktı. Elini yüzünü yıkayıp

sokağa fırladı. Önüne gelene, "İneğimi gördünüz mü?" diye sora sora kasaba sokaklarına daldı.

Ninenin ineği, her günkü gibi ikindi sıralarında kasabaya döndü. O gün kırlarda karnını iyice doyuramamıştı. Bu nedenle sokaklarda başını oraya buraya uzatarak, yiyecek bir şeyler aramaya başladı. Karpuz kabuklarıyla dolu bir çöp tenekesine rastlayınca istekle kabukları kemirmeye girişti. Ama doymadı. Yedikçe yiyesi geliyordu... Sonra alttakilere geldi sıra...

Fakat gittikçe işi zorlaşıyordu... Yavaş yavaş başını tenekenin içine soktu... Biraz daha, biraz daha!.. derken, dipteki kabuklara erişti. Kabuklar tükenince oradan çekilip gitmek istedi. Fakat başını tenekeden çıkaramadı. Telaşla silkinip zorlanırken, çöp tenekesinin sapı boynuzlarına geçti. Artık, ne denli çabalarsa kurtulması olanak dışıydı...

Gide gide havasızlıktan bunalmaya başladı. Yeterince soluk alamadığı için boğulacak gibi oluyordu. Korku içinde, gelişigüzel koşmaya girişti. Gittiği yeri göremediği için duvarlara, ağaçlara, elektrik direklerine çarpıyordu. Önüne çıkan insanlar bağrışarak kaçışıyorlardı...

İnek böylece kasaba sokaklarında dolaşmaya başladı. Evini bulamıyordu bir türlü. Akşam ezanı okunurken yolu çarşıya düştü. Gittikçe gücü tükeniyordu. Koşamıyordu artık. Ayaklarını sürükleyerek yürüyor, arada bir tökezleyip yere kapaklanıyordu. Çarşı içinde oradan oraya gidip gelirken, bakırcı dükkânının önüne dizilmiş olan kovaları, tencereleri, güğümleri devirdi. Şangırtıyı duyanlar dükkânlarından dışarıya fırladılar. Bir yandan ineğin hâline gülüyor, bir yandan da "Höst!" diye bağırarak, dükkânlarına yaklaşmasına engel oluyorlardı.

Helvacı Salih Efendi, ineğin durumuna acıdı.

“Ne gülüyorsunuz be adamlar? Baksanıza, hayvancağız canıyla uğraşıyor! Başı iyice tenekeye girmiş. Üstelik tenekenin tel sapı da boynuzuna takılmış. Havasızlıktan ölecek zavallı. Gülmeyi bırakın da el birlik olup onu kurtaralım.” dedi.

Gülüşenler utançla önlerine baktılar. Üç beş adam varıp ineği tuttu. Birisi dükkânından teneke makası getirdi. Önce teli kopardılar. Sonra tenekeyi kesmeye giriştiler. O sırada, uzaktan Fatma Nine göründü.

"Hey durun! İneğime ne yapıyorsunuz? Kocaman adamlar onunla uğraşmaya utanmıyor musunuz? Bırakın ineğimi! Salıverin çabuk!.." diye bağırarak yanlarına geldi. Saatlerdir sokak aralarında dolaşmaktan yorgun düşmüş, soluk soluğa kalmıştı.

Helvacı Salih Efendi, "Dur hele Fatma Kadın! Boş yere bağırma! Önce soluğunu yatıştır. Sonra olup biteni anlatırız sana." dedi.

Nine, "Amanın! İneğimin başına neler gelmiş de haberim olmamış vah, vah!" diye dövünmeye başladı.

İnek tenekeden kurtulunca birkaç kez derin derin soludu. Temiz hava ciğerlerine dolunca

canlandı. Önce ürkek ürkek çevresine bakındı. Sonra ok gibi yerinden fırladı ve alabildiğine koşmaya başladı.

Fatma Nine olup biteni anlamıştı. Ama ineğini yine elinden kaçırmıştı.

"Amanın! Gidiyor, kaçıyor yine!" diyerek telaşla ineğin peşine takıldı. Yatsı ezanı okununcaya dek sokaklarda onu aradı ama bulamadı. Yorgunluktan oflaya puflaya, ağlaya sızlaya evinin yolunu tuttu.

"Gitti güzel ineğim. Kara gözlüm. Nazlı kızım. Aklını mı yitirdi, n'oldu? Evini ve yoksul ninesini tepti gitti. Ben şimdi ne yapacağım? Yapayalnız kaldım..." diye söylenerek eve yaklaşıyordu. Birden kapının önünde kımıldayıp durmakta olan bir karartı gördü. Sevinçle ileriye atıldı.

"Sürmelim, sen misin?" diye coşkuyla bağırarak, varıp ineğinin boynuna sarıldı. Onu içtenlikle öptü, öptü...

Sonra da, "Gecenin bu saatine dek ne demeye sokaklarda dolaştım? Demek ki sen, çarşıdan doğruca evimize geldin. Ne bileyim, kaçtın sandım. Dağlara doğru vurup gittin diye düşündüm. Daha doğrusu sürmelim, aklını yitirdin gibi geldi bana!.. Oysa nazlım, evimize gelmiş de ninesini beklermiş! Hoş geldin kızım. Hoş geldin!.." diyerek kapıyı açtı. İneğiyle birlikte sevinç içinde eve girdi.

İKİZLER

Demir ile Erdir ikiz kardeştiler. İlkokulun birinci sınıfını bitirip ikiye geçmişlerdi. İkisi de iyi yürekli fakat yaramaz çocuklardı. İkide bir hem arkadaşlarına hem birbirlerine sataşır dururlardı.

Bir gün sokakta bilye oynuyorlardı. Birden bozuştular. Demir, Erdir'i mızıkçılıkla suçlayınca Erdir kızdı.

"Mızıkçı sensin! Oyundan çıkıyorum. Kendin oyna." diyerek elindeki bilyeleri yere fırlattı. Gidip kaldırımın kenarına oturdu.

Demir bilyeleri yerden topladı. Oyuna doyamamıştı. Kardeşine, "Gel küsme, güzel güzel oynayalım?" dedi.

Erdir, "İstemem!" diye tersledi.

Demir'in canı sıkılıyordu. Kardeşini oyuna zorlamak için, "Gelmezsen, bilyelerin tümü benim olur." dedi. Erdir öfkeyle yerinden fırladı.

"O biraz zor. Ver benim bilyelerimi..."

Demir, götürüp kardeşinin bilyelerini verdi.

"Haydi artık oynayalım."

Erdir bilyelerini saydıktan sonra, "Olmaz." diye atıldı. "İki bilyem eksik... Ver çabuk."

"Nedenmiş? Demin ikisini birden vurdum. Benim oldular. Kavga yeniden başladı... Verirsin vermezsin derken Erdir, Demir'in üstüne atıldı. Bilyelerini zorla alacaktı. Fakat Demir vermemeye kararlıydı. Kıyasıya dövüşe giriştiler...

Demir birkaç gün önce düşmüş, kaşı patlamıştı. Dövüş sırasında birden, yaranın kabuğu kalktı. Gözüne

doğru kan sızmaya başladı. Demir bunu görünce, “Yaramı kanattın!” diye bağırarak olanca gücüyle Erdir’e saldırdı. Kardeşini gelişigüzel yumrukluyordu... O sırada yoldan geçen Erol, elindeki paketleri duvar dibine bırakıp kavgacıların yanına koştu.

“Durun bakayım, biriniz yaralanmış. Yüzü gözü kan içinde, diyerek kavgacıları ayırdı. “Kan” sözü Demir’in gücünü kırmıştı. Korkudan ağlamaya başladı. Erol ona acıdı. Demir’e saldırmaya hazırlanan Erdir’in kulağına yapıştı.

Erdir can acısıyla, "Bırak beni, kulağımı koparacaksın, bırak!" diye bağırarak Erol'u tekmelemeye başladı. Erol, on bir yaşında güçlü bir çocuktu. Erdir'in davranışı onu öfkelendirdi.

"Bak hele! Hem şu zavallı çocuğu dövüp yaralıyor, sonra da utanmadan bana saldırıyor. Şimdi görürsün sen!" diye homurdanarak Erdir'i şöyle bir sarstı.

Demir, "Bırak kardeşimi! diye bağırarak araya girmek istedi. Fakat Erol, Erdir'in koluna yapışıp, arkaya doğru bükünce Erdir, bağıra bağıra ağlamaya başladı. Demir onun ağlamasına dayanamadı. Var gücüyle Erol'un üstüne atıldı. Üç çocuk yolun ortasında, yumak gibi birbirlerine girdiler... İkizler el birlik olmuş, Erol'u tartaklıyorlardı. Erol iyiden iyiye öfkelenmişti. İyi bir ders vermek istiyordu bu bacaksızlara.

Postacı mektup dağıtıyordu. Yolun ortasında dövüşmekte olan çocukları görünce, "Heyy, n'oluyorsunuz? Ayrılın bakayım birbirinizden!" diye bağırdı.

Sonra gelip Erol'un yakasına yapıştı.

"Oğlum, kendinden küçük çocuklarla dövüşmeye utanmıyor musun?"

Erol soluk soluğaydı.

"Dur be amca, hemen suçu bana yükleme. Biraz önce bu iki çocuk kapışmış, dövüşüyorlardı. Birinin yüzü kan içindeydi. Acıdım. Aralarına girip, 'Kavgayı kesin!' dedim. Yaralı çocuğu bunun elinden kurtardım. Yavaşça kulağını çekip, gözdağı vermek istedim. İkisi birden üstüme saldırdılar. Neye uğradığımı anlamadım."

Postacı, Erol'a pek inanmamıştı. İkizlere döndü.

"Kendinizden büyük çocukla ne demeye dövüşüyorsunuz?"

Demir soluk soluğa atıldı.

"Bu çocuk kardeşimi tartakladı. Ben onu kurtarmak için saldırdım. Kardeşimi kimseye dövdürmem."

Postacı şaşırmıştı.

"Ben bu işten hiçbir şey anlamadım. Büyük çocuk seni kurtarmak için kardeşinin kulağını çekmiş. Sen kardeşini korumak için büyük çocuğa saldırmışsın. O da kendini savunmak için ikinize saldırmış..."

İkizler, "Evet öyle oldu." diyerek başlarını salladılar. Sonra kollarını birbirlerinin omzuna atıp sarmaş dolaş evlerinin yolunu tuttular.

Postacı ile Erol gülümseyerek bir süre arkalarından baktılar. Sonra postacı, Erol'a döndü.

"Demek kardeşmiş bunlar. Yabancıya karşı birbirlerini korumaları hoşuma gitti." dedi.

Erol, "Bilseydim aralarına girmezdim. İyilik yapayım derken, bacak kadar çocukların hışmına uğradım..." diye söylenerek paketlerini alıp oradan uzaklaştı.

MAVİ TORBADA
NE VAR?

Turgut beş yıldan beri ilkokul diploması alacağı günü düşleyip durmuştu.

O gün yaklaştıkça sevinçten içi içine sığmaz olmuştu. Öğretmen, diploma töreniyle ilgili son hazırlıkları yapıyordu. O gün için okulda çeşitli eğlenceler düzenlenmişti. Diploma alacak öğrenciler özel giysilerle katılacaklardı törene... Kızlar, gri etek, pembe gömlek, erkeklerse gri pantolonla lacivert ceket giyeceklerdi.

Turgut kendini bileli beri ilk kez takım elbise giyecekti. Bu nedenle sevinçten uçuyordu.

Arkadaşlarının pek çoğu tören giysilerini hazırlamışlardı. Turgut'un babası yoksul bir satıcıydı. Sabahtan akşama sokaklarda dolaşarak sebze satardı. Günlük giderlerinden artırıp, Turgut'a elbise parası biriktiriyordu. Oğluna söz vermişti. Ne yapıp edecek, elbiseyi tören gününe yetiştirecekti. Günler azaldıkça Turgut dertleniyordu. Ama, babasının sözüne güvendiği için kaygıyı çabuk savuşturuyordu.

Gerçekten diploma törenine bir gün kala, babası pantolon ve ceket parasını tamamlayıp

eşine verdi. Ana oğul, sabahleyin erkenden, trenle Haydarpaşa'ya geldiler. Oradan vapurla Karaköy'e geçtiler. Diploma giysisini ucuza alabilmek için bunca yolu göze almışlardı. Ellerindeki adresi sora sora çarşıya daldılar. Aradıkları toptancı dükkânı köhne bir hanın en üst katındaydı. Soluk soluğa merdivenleri tırmandılar.

Turgut camekândaki ceketleri görünce coşku içinde, "İşte anne, aradığımız bunlar!" diye atıldı. Annesi soluğunu yatıştırıp, yüzündeki terleri silerek, dükkâna girdi. Oracıkta bulduğu bir tabureye çöktü. Sabahtan beri yürümekten yorgun düşmüştü.

Satıcı onları güler yüzle karşıladı. Turgut'a değişik boyda birkaç ceketle pantolon giydirdi. Turgut giydiği her ceketi beğeniyor, "Tamam tamam, bu bana tastamam." diyordu. Oysa giydiklerinin kimi bol, kimi dardı... Sevinçten hiçbirinin kötü yanını göremiyordu. En son giydiği ceket, üzerine gerçekten iyi oldu. Ceketin önünü ilikleyip şöyle bir aynaya baktı. Kendini tanıyamadı.

Annesi coşkuyla ayağa kalkıp, "Efendi oldun Turgut'um." diyerek sırtını sıvazladı.

Satıcı ceketle pantolonu paketlerken, Turgut, "Yolumuz uzun, iyi sarın da buruşmasın, yarın sabah diploma törenine giyeceğim." dedi.

Annesi, "Üstelik törenin açılış konuşmasını oğlum yapacak." diye övündü. Satıcı, ceketi mavi bir naylon torbaya yerleştirip Turgut'un eline verdi.

Turgut vapura girince, giysi torbasını bir süre kucağında tuttu. Sonra içindekilerin buruşmaması için kaldırıp özenle tepesindeki rafa koydu. İkide bir gözünü kaydırıp torbaya bakıyordu. Rafa başkaları da öteberi koymuşlardı. Vapur hareket edince annesi uyuklamaya başladı. Bir süre sonra Turgut da gevşedi. Ana oğul gözlerini açtıklarında vapur Haydarpaşa İskelesi'ne yanaşmıştı...

Yolcular ayaklanmış, bir an önce dışarıya çıkabilmek için itişip kakışıyorlardı. Turgut telaşla giysi torbasına uzandı. Sonra annesinin koluna girdi.

Kalabalığa karıştılar. Vapurdan inenler trenlere koşuyorlardı. Ana oğul soluk soluğa trene yetiştiler. Cam kenarında yer bulup oturdular. İkisi de yorgun fakat sevinçliydiler. Tren yola koyulunca Turgut alnını cama dayayıp, diploma törenini düşlemeye başladı. Annesinin uykusu açılmıştı. Yanında oturan kadına, "Oğlum yarın sabah okuldaki törene gidecek. Orada konuşma yapacak. Sonra ilkokul diploması alacak... Ona takım elbise aldık." diyerek, olmuşları ve olacakları ballandıra ballandıra anlatıyordu.

Turgut eve varır varmaz hemen torbayı açtı. Ceketle pantolonu bir kez daha giymek istiyordu. Fakat torbada giysi filan yoktu... Sadece beş tane kaynamış yumurta, bir dolu kuru köfte, domates, biber, salatalık, bir tutam cücüklü soğan, küçük bir çakı, tuz, sabunlanmış beyaz bir elbezi ve dilimlenmiş yarım ekmek...

Bu, trenle uzun yola giden yolculardan birinin yemek torbasıydı. Ne olmuşsa, vapurdaki paket rafında olmuştu. Turgut'un giysi torbasıyla yolcunun yemek torbası yanlışlıkla el değiştirmişti.

TARLA FARESİ İLE EV FARESİ

Meraklı bir tarla faresi vardı. Bir gün yuvasından ayrılıp köyün harman yerine girdi. Amacı insanları tanımaktı. Ninesi, insanların yaşamlarının çok ilginç olduğunu söylemişti. Tarla faresi, insanları görünce çok korktu. Ayaklarının altında ezilmemek için samanların arasına sokuldu. Çiftçi, samanları arabaya doldurup köyün yolunu tuttu.

Tarla faresi, arabaya ilk kez biniyordu. Bu yolculuk hoşuna gitti. Yolun sonunda neler olabileceğini düşünmüyordu hiç... Şarkılar söyleyerek araba gezisinin tadını çıkarmaya çalışıyordu. Köye varınca çiftçi samanları samanlığa boşalttı.

Tarla faresi burnundaki saman tozlarını temizledikten sonra çevresine şöyle bir bakındı. Samanlık, karanlık ve tozluydu. Hiç sevmedi burayı. Hemen yuvama dönmeliyim. Annem, babam, kardeşlerim beni merak ederler, diye aklından geçirdi. Sonra çıkış yolunu bulmak için samaklıkta dolaşmaya başladı. Bir yandan da "Vik, vik, vik!" diye sesler çıkararak çevresinden yardım istiyordu. Kısa bir süre sonra karşısında birkaç fare belirdi. Tarla faresi onları hiç tanımıyordu. Seslerini duyunca korkuyla irkildi.

"Kimsiniz siz? Bana ne yapmak istiyorsunuz?"

Ev fareleri, "Korkma." dediler. "Biz ev faresiyiz. Burada yaşıyoruz. Akraba sayılırız. Sesini duyunca yardıma geldik..."

Tarla faresi sevinçle onlara sokuldu. Başından geçenleri bir bir anlattıktan sonra, "Şimdi yuvama dönmek istiyorum." diye sızlandı.

Ev fareleri, "Yuvan çok uzaklarda kaldı. Burada bizimle yaşamak istemez misin?" diye sordular.

Tarla faresi, "Karnım aç. Hiçbir şey düşünemiyorum." diye karşılık verdi.

Fareler, "Gel bizimle, seni yuvamıza götürelim. Hem karnını doyurursun hem de ev faresi olmanın kurallarını öğretiriz sana..." dediler.

Tarla faresi, ev farelerinin peşine takılıp çiftçinin evine gitti. Farelerin yuvaları, mutfaktaki döşeme tahtasının altındaydı. Öteki fareler de tarla faresini sevgiyle karşıladılar. Ona sucuk, peynir, ekmek kırıntıları sundular. Bu yiyecekler tarla faresinin çok hoşuna gitti.

Ev farelerine dönüp, "Burada sizinle yaşamaya karar verdim." dedi.

Yaşlı bir ev faresi de konuşmaya katıldı. "O hâlde sana kuralları anlatayım: Birinci düşmanımız kedidir. Ondan kendini sakın. Acımasız bir yaratıktır. Karşısına çıkarsan hemen yutar seni. İnsanlar da dostumuz sayılmaz. Nedense sevmiyorlar bizi. Dolaplarından aldığımız birkaç yiyecek kırıntısını çok görüyorlar bize. Canımıza kıymak için köşeye bucağa kapan kurup, fare zehiri koyuyorlar. Ama evde yaşamanın güzel yanları da var... Burada kolayca yiyecek bulabilirsin. Uzun uzun av peşinde koşman gerekmez. Geceleri el ayak çekilince mutfağa çıkar, karnını tıka basa doyurabilirsin. Sonra yuvana çekilir, bir köşeye kıvrılıp uyursun. Evde yaşamak çok rahat ve kolaydır. Çabuk alışırsın..."

Tarla faresi hemen o gün mutfağa çıktı. Yiyeceklerin yerlerini öğrendi. Sevinçle o yiyecekten ötekine koşup karnını bir güzel doyurdu. Yedikçe

yiyesi geliyordu. Önüne çıkan her şeyden tadıyordu. Daha sonra mutfaktan kilere geçti. Un çuvalını dişledi. Bulgurlardan yedi... Tarhana ve mercimek

torbalarını deldi. Bal kabaklarını kemirdi... Onun davranışlarını izleyen yavru fareler de onunla birlikte evi yağma etmeye giriştiler...

Bir gün ev fareleri tarla faresini karşılarına alıp, "Bu oburluktan vazgeç. Çocuklarımızı da kendine uydurdun. Çiftçiyi kızdırıp başımıza dert açacaksın. Seni aramıza aldığımıza pişman olduk." dediler.

Tarla faresi onları çok kınadı.

"Ben tarla faresiyim. Sizin gibi bir tıkım kırıntı ile karnımı doyurup köşeye çekilemem. Gönlümce koşmak, orayı burayı kemirmek ve durmadan bir şeyler yemek isterim." dedi.

Ev fareleri, "Yazık, bizim düzenimizi bozup rahatımızı kaçıracaksın." diye çıkıştılar.

Tarla faresi, "Ne kadar korkak ve uyuşuksunuz. Sizinle akraba olduğum için utanıyorum." diyerek yuvadan çıkıp kilere gitti.

Bu arada, evinin fareler tarafından didik didik edildiğini gören çiftçi çok üzgündü. Bu olağanüstü duruma hiçbir anlam veremiyordu. Köşeye bucağa zehir koyup kapan kurarak, savunmaya geçti. Bunlar yetmiyormuş gibi ikinci bir kedi aldı eve... Fareler yuvadan çıkamaz oldular. Açlığa dayanamayıp çıkanlar, yuvaya geri dönemiyorlardı... Ev fareleri, bütün bu olanlardan, tarla faresini sorumlu tutuyorlardı. Hiçbiri onunla konuşmuyordu.

Tarla faresi de açlıktan kıvranıyordu. Bir gece her şeyi göze alıp sürüne sürüne mutfağa çıktı. Yavaşça tel dolaba girdi, karnını tıka basa doyurdu. Korkuyu unutmuştu, kilere yöneldi, çuvalları kemirmek geliyordu içinden... Birden, iri bir kediyle burun buruna geldi. Korkudan titreyerek ileriye atıldı. Buğday çuvallarının arasına sokulup canını kurtardı. Kedi kilerden gidinceye dek oradan çıkmadı. Kedi gider gitmez, sevinçle ortaya atıldı, karnı yine acıkmıştı. İstekle yutkunarak mutfağa yöneldi. Birden "çat" diye bir ses duydu...

Acı içinde olduğu yere çakılıp kaldı. Kuyruğu kapana kısılmıştı. O anda, yuvasından ayrılıp insanların arasına girdiğine bin kez pişman oldu. Mutfaktaki yiyeceklerde gözü yoktu artık. En değerli şeyini, özgürlüğünü yitirmişti. Belki de ölecekti. Oysa yaşamak istiyordu. Tarlalar geldi aklına. Göz alabildiğine uzanan, koşup oynadığı, bin bir zorlukla avlanıp karnını doyurduğu tarlalar...

O sırada kapanın sesini duyan çiftçi, yatağından kalkıp merakla koşarak kilere geldi. Fare acıdan ve korkudan, tir tir titremeye başladı. Yaşamı süresince hiçbir şeyden bu denli korkmamıştı. Kapana yaklaşmakta olan çiftçiyi görünce olanca gücünü toplayıp ileriye atıldı. Çiftçi onu kaçırmak istemiyordu. Bu nedenle ayağıyla farenin sürüklemekte

olduğu kapana bastı. O sırada tarla faresi, canını dişine takıp güçlü bir atılış daha yaptı. Kuyruğunu kopararak kapandan kurtuldu. Acıdan inleye inleye kapıdan dışarıya fırladı. Gecenin karanlığında tarlalara doğru uzaklaşıp gitti.

Ev fareleri, onu günlerce beklediler... Yuvaya dönmediğini görünce, "Tarla faresi de çiftçinin korkunç tuzaklarından birine takılıp yok oldu anlaşılan. Bu evde bize yer yok. Buradan çıkıp başka bir eve yerleşelim." diyerek doğup büyüdükleri yuvadan ayrıldılar.

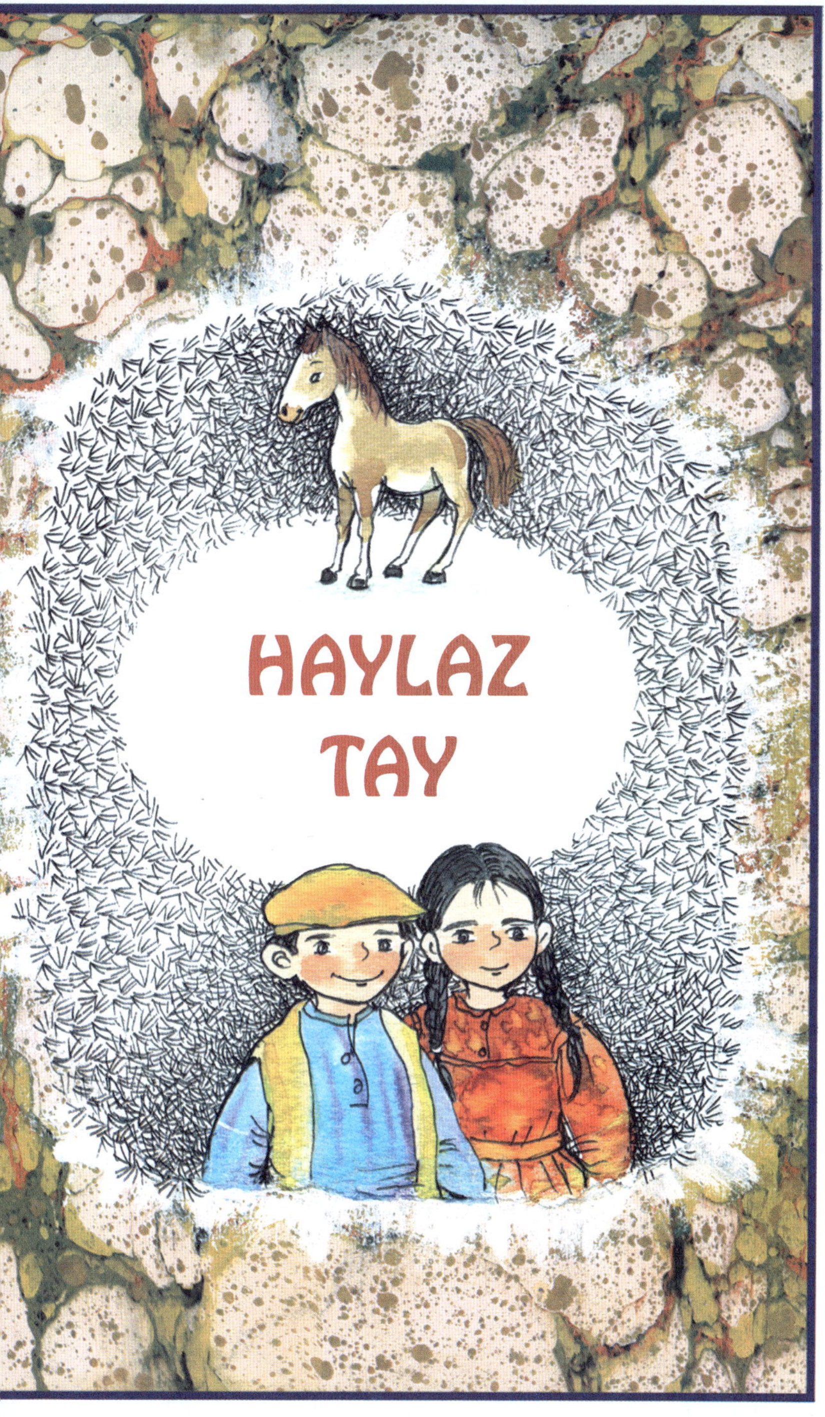
HAYLAZ
TAY

Ömer ile Şerife harman yerine yemek götüreceklerdi.

Ömer, “Hava çok sıcak, bizim taya binip gidelim.” dedi.

Şerife, “Ben sizin deli taya binmem.” diye omuz silkti.

Ömer, “Pek korkaksın Şerife. Küçük bir tay bize ne yapabilir ki?” dedi.

Şerife, “Yok.” diye direndi. “Geçen gün ağabeyini sırtından atıp yere vurmuş. Zehra Kız’a da çifte atmış.”

Ömer, "Babam onu cezalandırmak için günlerdir ahırdan çıkarmıyor. Haylaz Tay mutlaka akıllanmıştır. Belki Zehra ile ağabeyime yaptıklarına pişman bile olmuştur. Bu sıcakta elimdeki çıkınla yürüyerek harman yerine gidemem. Babamın kızacağını bile bile Haylaz Tay'a bineceğim." diye kesip attı.

Beraberce ahıra gittiler. Haylaz Tay can sıkıntısından ne yapacağını şaşırmıştı. Çocukları görünce pek sevindi. Ömer'le Şerife belki de beni gezdirmek için geldiler, diye düşünüp kuyruğunu sallayarak kesik kesik kişnemeye başladı. Ömer'le

Şerife tayın üstüne eski bir çul yaydılar. Ömer küçük bir heybe getirdi. Azık çıkınlarını heybenin gözlerine yerleştirdi. Heybeyi tayın sırtına koydu. Haylaz Tay, eh, dedi. Yükleri pek ağır sayılmaz. Uslu görünüp sesimi çıkarmayayım. Burada kapalı kalacağıma, kırlarda temiz hava alıp taze ot yerim. Yorulduğum zaman, sırtımdakileri silkip atarım.

Ömer tayı avluya çıkarıp yüksekçe bir taşa yanaştırdı. Sonra zıplayıp sırtına bindi. Şerife de Ömer'in arkasına yerleşti. Tay şöyle bir silkindi. Yükünü tarttı. Burun deliklerini açtı. Kulaklarını dikti. Çocuklar öne doğru yamanıp bacaklarıyla tayın karnını sımsıkı kavradılar.

Ömer, "Gördün mü Şerife, birkaç günlük ceza, bizim deli tayı nasıl uslandırmış." dedi. Sonra dik bir sesle, "Deeeeh!" diye bağırdı. Haylaz Tay tıslaya tıslaya kapıdan çıkıp yola koyuldu.

Bir süre sonra, çocukların korkusu tavsamaya başladı. Gide gide bellerini doğrultup vücutlarını gevşettiler. Haylaz Tay'ın deliliklerini unutup neşeli bir türkü tutturdular.

"Bol bol rüzgâr olacak,
Çuvallara buğday,
Samanlığa saman dolacak.
Harman sonunda babamız,
Bize urba alacak.
Deh... Deh de deh deh!"

Haylaz Tay içten içe, çocukların neşesi yerinde. Bense ter içinde kaldım. Yazık değil mi bana? Artık sabredemeyeceğim, diye homurdanıp duruyordu.

Ömer sevinçle bağırdı.

"Ahacık çaya geldik! Yolu yarıladık."

Bunu duyan Haylaz Tay, kulaklarını dikip çaya doğru hızlandı.

Şerife, "Deli tay susamış. Çayı görünce var gücüyle koşmaya başladı." diyerek Ömer'in beline sıkı sıkı sarıldı. Bu sırada tay derince bir yerden çaya daldı. Serin su içini coşturdu. Güçlü bir silkinmeyle sırtındakilerden sıyrılıp sudan dışarıya fırladı.

Çocuklar, "Anaaa!.. Yetişin deli tay bizi çaya düşürdü!" diye bağrışarak kendilerini toplayıp ayağa kalktılar. Su bellerine kadar geliyordu.

Sırılsıklam ıslanmışlardı. Azık dolu heybeyi çekiştirerek sudan çıkmaya çalıştılar. Bu iş pek kolay olmadı. Neden sonra kıyıya çıktılar. Birbirlerine bakıp gülmeye başladılar.

Ömer, "Kız Şerife, sudan çıkmış kediye dönmüşsün." dedi.

Şerife de, "Sen de sudan çıkmış sıçan gibisin." derken gülmekten katılıyordu.

Gülmeleri geçince Şerife, "Gördün mü? Deli tay hiç akıllanmamış. Bize ettiklerini babana anlat, ona gereken cezayı versin." dedi.

Ömer, "Babam hayvanlara kötü davranmaz.

Bizim de böyle davranmamıza izin vermez." diyerek içini çekti. Şerife kızgın kızgın başını salladı. Sonra heybeyi yüklenip giysilerindeki suları akıta akıta harmana yollandılar.

Haylaz Tay yüklerinden kurtulduktan sonra coşku içinde hoplayıp zıplayarak, yol üstündeki sebze bahçelerine daldı.

Oh ne güzel! Körpe sebzeler ve bal kabakları beni bekliyor, diye kişneyerek karnını doyurmaya girişti. Oysa biraz sonra bahçe sahibi sebze toplamaya gelecekti. Haylaz Tay bunu hiç düşünmüyordu. Bitkileri kırıp ezerek, sevinç içinde oradan oraya koşuyor, özgürlüğün tadını çıkarıyordu.